Bacchantes

Du même auteur

R., Comp'Act, 2004.
La Manadologie, Éditions MF, 2005.
Le Dernier Monde, Denoël, 2007 ; Folio, 2009.
Bastard Battle, Léo Scheer, 2008 ; Tristram, 2013.
Olimpia, Denoël, 2010 ; Rivages Poche, 2016.
So long, Luise, Denoël, 2011 ; Rivages Poche, 2014.
Les Ales, en collaboration avec scomparo, Cambourakis, 2011.
Faillir être flingué, Rivages, 2013 ; Rivages Poche, 2015.
KA TA, en collaboration avec scomparo, Rivages, 2014.
Le Grand Jeu, Rivages, 2016 ; Rivages Poche, 2019.
Bacchantes, Rivages, 2019.

Céline Minard

Bacchantes

Rivages

Retrouvez l'ensemble des parutions
des Éditions Payot & Rivages sur

payot-rivages.fr

Collection dirigée par Émilie Colombani

« Dionysies ! On est complet. »

Ralf König, *Antitype*

Personne ne bouge devant le bunker alpha.

La brume matinale se dissipe lentement, elle monte et s'accroche aux frondaisons avant de s'évanouir. Il est un peu moins de six heures du matin, le vent d'est fait bruire la végétation basse.

Il n'y a plus un seul uniforme dans le paysage.

Les hommes armés se sont regroupés dans l'ancienne maison du gardien qui leur sert de QG depuis cinquante-neuf heures. Ils ont les yeux rivés sur la porte d'acier qui devrait s'ouvrir dans quelques minutes pour la troisième fois consécutive depuis le début des opérations. Ils ne tenteront pas ce matin un nouvel assaut. Ils attendent les ordres. Le négociateur est arrivé au milieu de la nuit, il a besoin d'un contact direct avant de décider d'une méthode d'action. Il a lu et mémorisé les rapports des deux derniers jours, il est concentré sur les sons. Des perches Mini Boompole ont été installées durant la nuit au-dessus de la porte alpha dans l'angle mort de la caméra de surveillance extérieure. Ses oreilles sont prises dans les coussinets enveloppants d'un casque à réduction de bruit, il est coupé de son environnement sonore immédiat, il regarde monter la vapeur qui s'échappe de son mug de thé noir. Vingt secondes avant que la porte ne s'ouvre, il sursaute.

Il analyse le bruit de chacun des pas déroulés sans précipitation sur les neuf mètres du corridor souterrain, baisse le volume d'un coup quand l'acier blindé lui vrille les tympans en cognant contre les murs de l'entrée du bunker. La porte est ouverte.

Une main gantée apparaît, pose une bouteille au sol, la couche. Tandis que la main prend appui sur le vantail, un pied chaussé d'un escarpin noir sort de l'entrebâillement, se glisse sous le corps de verre et lui impulse un vif mouvement rotatif.

Avant que la bouteille ne se stabilise au milieu de la chaussée qui longe le bunker, l'acier claque à nouveau. Un rayon de soleil traverse le reste de brume, inonde l'asphalte et le liquide doré qui clapote comme un lac contre la paroi du verre.

Le négociateur écoute encore une minute et enlève son casque.

– C'est une femme.
– Ou un type qui porte des escarpins.

La brigade d'intervention sort en silence. Les hommes suivent scrupuleusement le protocole. Trente-cinq minutes passent avant qu'ils ne reviennent au QG avec l'objet sécurisé.

– Un romanée-conti de 1969.

– Ou une bouteille d'urine matinale, question de point de vue.

Jackie Thran, la cheffe de brigade, n'est pas femme à se fier aux étiquettes.

– Voyez vous-même. Elle tend la bouteille ouverte à Ethan Coetzer qui secoue la tête avec une moue de dégoût.

– Un peu chargée, peut-être, mais je ne suis pas médecin.

ECWC est la cave de garde la plus sécurisée de Hong Kong. Installée dans les anciens bunkers de l'armée anglaise, elle attire les collectionneurs depuis des années. Des Chinois, des Européens et des Américains avertis ont confié leurs vins aux bons soins de M. Coetzer, ancien ambassadeur sud-africain reconverti dans la gestion de la vitiviniculture. Ses talents de diplomate sont venus à bout de leurs dernières réticences, essentiellement liées au climat de la baie. Le système de climatisation multizone dont il a équipé les douze bunkers de son entreprise, à hauteur de trente millions de dollars, assure une température constante de 13 à 13,5 degrés Celsius et un taux d'humidité compris entre 65 et 75 %. Un éclairage ponctuel par lampes à sodium basse pression et un système de sécurité dérivé du secteur bancaire ont convaincu les connaisseurs les plus sourcilleux. Des bunkers enterrés à plus de vingt mètres de profondeur ne laissent passer ni vibrations ni lumière naturelle. Les bouteilles vieillissent mieux dans un environnement physique optimal. Physique et fiscal.

Grâce aux mouvements de stock rapides et discrets, au club privé et aux soirées à thème réservées aux membres Gold et Platinium, la clientèle d'Ethan Coetzer a très vite dépassé la sphère de ses contacts personnels.

En dix ans, il a fait de si belles et fructueuses rencontres que la valeur de son stock est estimée à trois cent cinquante millions de dollars et, jusque-là, il s'en est félicité.

Ce sentiment l'a quitté depuis soixante et une heures et a laissé un grand vide dans son esprit.

Maintenant, il a besoin d'une douche, d'une vraie nuit de sommeil et de nouvelles positives mais rien dans l'attitude de ceux qui l'entourent ne lui laisse présager qu'il aura bientôt l'occasion d'en avoir.

– 32 % des femmes chaussent du 42.

– Et 90 % des drags, des *queers* et des trans MtF sont capables de cambrer le pied comme Beyoncé.

– Alors la voix.

– Ou les voix, seulement il faudrait les entendre.

– Où en sont les analyses d'urine ?

– Les résultats doivent nous parvenir dans la matinée.

– C'est long.

– C'est comme ça. Je vous rappelle qu'un typhon nous passe dessus dans quelques heures.

– Raison de plus pour accélérer le mouvement.

Jackie Thran hausse les épaules, il est inutile d'insister là-dessus, elle connaît les délais du labo.

– La Nuit du Typhon ne s'annonce pas exactement comme prévu, qu'en dites-vous, monsieur Coetzer ?

– Effectivement.

Un repas de chef pour douze personnes, autant de petits déjeuners, des fruits mûrs, des œufs, un choix de cafés, de thés, du pain, des bouchées aux crevettes et du porridge irlandais, *with a drop of whiskey*, attendent dans les frigos du bloc cuisine. Cette seule pensée lui donne la nausée.

– Vous devriez sortir un moment.

Depuis le temps qu'il vit à Hong Kong, il n'a plus peur des typhons. Quand les antennes météorologiques ont annoncé l'arrivée de Shanshan, classé 10 sur l'échelle de Beaufort, il n'a pas vu le danger, seulement une excellente occasion de réunir ses meilleurs clients. Les plus fidèles, ceux du tout début, et d'autres, pas nécessairement parmi les plus riches, qui comme lui aiment attendre et voir venir. Dès qu'il a su que Hong Kong était sur la route du typhon, Ethan Coetzer a dressé un plan de table idéal, passé des commandes et envoyé des invitations. Certains de ses hôtes auraient tout juste eu le temps d'atterrir avant la tempête qui s'annonce formidable. Il leur fallait un certain goût du risque, tempéré par la certitude de vivre un moment de totale sécurité chez lui, dans l'œil du cyclone, dans sa pupille. Il les avait choisis pour ça. Ce n'était pas une opération marketing, c'était un manifeste. Et quelque chose comme un grain de sable est en train d'anéantir non seulement sa soirée mais aussi sa carrière.

Les médias ont été prévenus en temps réel de l'attaque de la plus grande forteresse des vins d'Asie du Sud-Est. Quatre minutes après l'incursion, un tweet a été posté de l'intérieur et relayé par les plus grands sites d'information. Les télés du monde entier ont avancé de quarante-huit heures le départ des correspondants qui devaient couvrir le passage du typhon. Ce dont Ethan Coetzer rêve depuis des années va bientôt avoir lieu, les médias internationaux vont camper devant sa porte. Et à son avis, ce n'est plus le bon moment.

Personne ne connaît la source du tweet et personne ne sait non plus ce que veulent le ou les intrus. Le message tient en quelques mots : « Vous ne pouvez plus entrer. Nous avons tout ouvert. Nous avons tout relié. ECWC 21 h 18. »

Aucun badge ne répond plus, les caméras de surveillance n'enregistrent rien d'anormal, les écrans de contrôle affichent des températures habituelles, une humidité constante et un éclairage réduit au bunker de réception.

Ethan Coetzer a d'abord cru à un canular. Il s'est trompé. Le premier assaut donné par les forces de police a été un échec. La porte blindée est à l'épreuve des obus, le système d'ouverture par reconnaissance faciale a été détruit. Et personne à l'intérieur de la place ne s'est laissé impressionner par le vacarme des détonations. En échange, ils ont trouvé à quatre heures du matin, debout devant la porte parmi les plaques de peinture brûlées, la première bouteille débouchée. Aux trois quarts vide. Sans commentaire. Sans s'expliquer non plus comment elle était arrivée là. Ils ont néanmoins compris à cet instant qu'ils avaient perdu le contrôle des caméras de surveillance. À quel moment exactement ? Cette question travaille le cerveau de Jackie Thran comme une ritournelle. Avec trois autres, qui tournent en boucle : qui, comment, pourquoi ?

Pour la brigade d'intervention, la plus importante est « comment ». Pour Jackie et pour le négociateur, c'est « qui ». Pour Ethan Coetzer, c'est « pourquoi ». Mais pour tous, elles sont intimement et différemment liées. Chacun pense à part soi qu'une seule réponse suffirait à résoudre la situation, mais aucun d'entre eux n'a le début d'une piste.

– D'après les analyses d'images, l'escarpin est signé Jimmy Choo. C'est un modèle Romy en cuir de chevreau, un classique de la marque, difficile à dater précisément.

– Et le pied ?

– Pas encore daté, monsieur Cherry.

– Je m'appelle Marwan. Des poils ?

– Le cou-de-pied est parfaitement épilé, s'il devait l'être.

– Des bas ?

– Translucides. Ne me demandez pas la taille, je n'en sais rien. Peut-on écouter votre enregistrement maintenant ?

Marwan Cherry ôte la prise jack de son ordinateur et le battement caractéristique d'une démarche en talons envahit aussitôt la pièce. Le pas est posé, sûr, sans aucune hésitation. On entend aussi le tintement d'une bague qui cogne contre le verre de la bouteille.

– Si on compte les pas, nous avons l'ensemble du corridor, depuis l'entrée du bunker de réception jusqu'à la porte alpha. Rien avant. Les micros ne sont pas assez sensibles.

– Et rien après. Pas un mot, pas un pet.

Ethan Coetzer a fourni tous les plans dès qu'on les lui a demandés. Les dix bunkers réservés aux vins sont équipés d'une porte blindée dotée d'un système de verrouillage par code, badge et reconnaissance faciale. On accède aux deux espaces attenants, aménagés pour les soirées du club, par la porte alpha qui donne sur l'extérieur. Celle-ci a inexplicablement cédé à l'intrusion et Coetzer devine que les autres n'ont pas dû offrir beaucoup plus de résistance. La bouteille sur la chaussée en témoigne. Les romanée-conti de ce millésime sont parmi les mieux gardés. Le bunker lambda où ils sont entreposés bénéficie d'une sécurité renforcée, c'est « l'imprenable ». C'était. Coetzer déployait un argumentaire spécial à son sujet, auquel les membres Platinium, souvent rompus aux techniques sécuritaires, avaient tous été sensibles. Le bunker lambda, contre toute attente, a été ouvert dans la plus grande discrétion.

La première bouteille qu'ils ont trouvée, vingt minutes après la diffusion du tweet sur les sites d'information, était un bell-hill pinot noir de 2009. Un vin de choix, mais pas exceptionnel. Cette bouteille-là n'a pas été ouverte. Elle a été déposée, intacte, devant l'ancienne maison du gardien où ils sont maintenant installés. Coetzer était trop préoccupé à ce moment-là pour y prêter attention. La deuxième bouteille, découverte après l'assaut, lui a donné une idée plus juste de ce qui était en train de se passer. Un chambolle-musigny de chez Roumier, premier cru, « les Amoureuses » de 2008, provenant du bunker gamma. Débouchée. Il connaît ce vin pour l'avoir goûté à deux reprises. Il se souvient des occasions et des circonstances qui ont permis ces dégustations, il s'en souvient parfaitement, ainsi que des émotions contradictoires auxquelles elles sont liées. C'est d'ailleurs moins son mariage que son divorce qui l'a conforté dans l'idée qu'un vin exceptionnel doit être ouvert, décanté et apprécié dans des conditions elles-mêmes exceptionnelles, ce qui signifie dans son esprit, loin, très loin de sa femme et de sa famille en général.

Malgré la profonde vexation causée par le cambriolage, il se sent une certaine affinité avec le ou les pillards qui ont si judicieusement sorti les bouteilles sans grand intérêt, et choisi de boire un chambolle-musigny et un romanée-conti de 1969, hors du monde, dans les bras tièdes de ses fauteuils grand confort tendrement enfoncés à vingt mètres sous terre.

– Nous devons trouver un moyen de communication. Nous n'avancerons pas tant que nous n'aurons pas un contact direct.

– Personne n'a rien réclamé jusque-là. Vous voulez un porte-voix, monsieur Cherry ?

– Des bouteilles ont été déplacées et posées sous nos yeux. Ils veulent communiquer.

– Vous pensez qu'ils sont plusieurs ?

– Juste une intuition. Une personne seule aurait eu beaucoup à faire pour forcer toutes les sécurités.

– Si elles l'ont été. Nous n'avons pas trouvé trace d'effraction.

– Il y en a forcément. À l'intérieur peut-être. Personne n'a le code de tous les bunkers. Or les échantillons ont été prélevés dans trois sites différents suivant une logique graduelle. Qu'en pensez-vous, monsieur Coetzer ?

Le propriétaire prend son temps avant de répondre, il marque encore une légère hésitation. Mais il l'admet quand même.

– Ils ont du goût. Ce sont des connaisseurs, d'une façon ou d'une autre. Peut-être des esthètes.

– Des esthètes qui pissent dans des bouteilles à quatre cents dollars ?

Jackie Thran n'est pas patiente, les gens soi-disant inspirés ont tendance à l'irriter.

– Le message est difficile à interpréter, avance Marwan Cherry.

Il demande à Coetzer d'examiner les trois bouteilles comme des pièces à conviction. Elles ne portent aucune empreinte digitale mais elles ont été manipulées. Selon lui, c'est déjà un début de dialogue. Coetzer se recueille un instant. Il se concentre sur la bouteille de chambolle-musigny et montre la coupure nette de la capsule de surbouchage, l'étain a été sectionné d'un seul geste. Puis il penche la bouteille pour qu'ils voient le dépôt qui repose dans le tiers de vin restant. Jackie Thran fait la grimace.

– Il y a à boire et à manger là-dedans.

– C'est plus un gage de qualité qu'un défaut, les amateurs le savent.

Marwan ôte ses lunettes et se frotte la base du nez.

– Diriez-vous qu'ils ont débouché et versé le vin comme le feraient des sommeliers ?

Coetzer réfléchit quand l'ordinateur de Jackie Thran émet l'alerte aiguë des emails urgents. Elle est devant son écran en un clin d'œil.

– Les résultats d'analyse viennent d'arriver. On a un petit problème, dit-elle après avoir parcouru en diagonale les quatre pages du rapport partiel. Il semblerait que ce soit un sacré cocktail. Un fond de votre fameux breuvage et deux ou trois urines différentes. Le tout à quatre grammes d'alcoolémie. Ils ont retrouvé une trace ADN mais ils ont besoin de temps pour en tirer quelque chose.

– Vous m'envoyez une copie, Jackie, s'il vous plaît.

– Je ne suis pas votre secrétaire, monsieur Cherry, et je suis seule juge des informations qui doivent vous être délivrées. Vous voyez cet écusson ? L'autorité tactique ici, c'est moi, l'autorité tout court. M. Coetzer a fait appel à vous pour un conseil stratégique, je suis gradée, vous êtes consultant et si vous avez encore besoin d'un recadrage, vous n'allez pas traîner longtemps dans mes pattes. Par ailleurs, n'importe qui est capable d'ouvrir une bouteille de vin, pas besoin d'être sommelier. Mais un point pour vous, monsieur Cherry, il y a effectivement plusieurs personnes dans le bunker.

Le silence vient tout juste d'être rompu par des raclements de gorge quand une déferlante de bruits de verre cassé écrase la pièce. Le logiciel d'analyse des voix affiche des couleurs extrêmes sur l'écran du négociateur. Trois hommes se mettent en position à côté de la porte, prêts à sortir, arme au poing. Jackie Thran leur fait signe de rengainer. L'explosion du verre est suivie d'un crépitement liquide, presque inaudible. Marwan monte le volume au maximum, des pas résonnent contre le sol avec une telle netteté qu'ils semblent traverser l'espace où ils se tiennent, et quelqu'un, dans le bunker, hurle tout à coup : « CINQ SUR SIX, BIEN JOUÉ BEAUTÉ ! »

Il y a d'autres bruits cristallins, à nouveau des pas qui s'éloignent en crissant, qui reviennent, six petits plocs sourds et subitement un sanglot. Coetzer craque. Marwan pose une main sur son épaule, Coetzer se dégage.

– Qu'est-ce qui vous prend ?

– Vous n'entendez pas ? Ils jouent aux quilles !

– T'INQUIÈTE PAS CUTZI, CE SONT DES PETITS CRUS.

Marwan saute sur ses écouteurs.

– Nous avons un contact, vite !

– Cutzi ? Intéressant se dit Jackie pour elle-même, et plus haut : Ils ne peuvent pas nous entendre.

– OH QUE SI ! répond la voix du bunker. SORTEZ DE LA PISTE, C'EST MON TOUR !

Quelque chose tombe, roule, et le son d'une explosion envahit à nouveau la pièce. Marwan est à genoux. Il tient à la main un micro de la taille d'un petit pois.

– Incroyable, je viens de trouver ça sous la table.

– BIEN JOUÉ CHERRY ! SIX SUR SIX ! À TON TOUR, LA GRANDE.

– Combien sont-ils ?

– Trois pour l'instant. Au moins une femme.

– Au moins deux, la voix…

– Chut !

Les pas reprennent. Ils crissent de plus en plus. Ils s'éloignent et la boule tombe et roule pour la troisième fois. Elle rebondit sur une paroi, sur l'autre et cogne contre la porte alpha. Pas d'explosion.

– Nul. J'ai gagné. La revanche ?

– Noooon, non, non, non et non ! Vous ne pouvez pas faire ça, vous n'avez pas le droit, je vous l'interdis.

– TATATA CUTZI, on perd son sang-froid ? Allez, IMAGE !

Les ordinateurs de Jackie Thran et de Marwan Cherry se couvrent aussitôt d'un voile noir. Le logiciel d'analyse des voix et la boîte mail de Jackie réapparaissent deux secondes avant de laisser place à une image vidéo grand-angle qui couvre l'ensemble du corridor d'entrée du bunker.

Ce qui frappe Marwan, au premier coup d'œil, ce n'est pas le nez rouge mais la taille des chaussures que porte le premier personnage sur la droite de l'écran. Au moins du 46. Le nez vient après, le maquillage de la bouche, sanglant, la jupe-culotte carreautée, les cheveux verts en iroquoise sur le crâne blanc. La silhouette menue. Il pointe l'index vers le visage.

– Une clown…

– C'est pas beau de montrer, CHERRY ! Tu m'appelles BIZZIE, je suis BIZZIE, je vous présente LA BRUNE, la grande, LA GRANDE BRUNE, j'ai dit SILLY ! Dis bonjour à nos nouveaux amis, Silly !

La femme à sa gauche penche la tête, fait un petit salut de la main droite, esquisse un sourire, exécute un pas en arrière, l'amorce d'une révérence, et rajuste d'un geste fluide l'étole claire qui vient de glisser sur son épaule. Son chignon est flou, luisant, monté sur trois étages, sa robe, un fourreau noir qui épouse son corps comme un gant. Jackie estime intérieurement 100-70-95 et se rapproche de l'écran pour détailler les escarpins.

– SI TU VEUX UN GROS PLAN, tu n'as qu'à demander mon capitaine ! LA BOMBE va te faire ça tout de suite.

Les stilettos apparaissent aussitôt en plongée. Le chevreau est d'une telle qualité qu'il semble taillé dans une peau de pêche noire. Puis sans transition, le visage d'une troisième femme crève l'écran. Émacié, fermé, auréolé d'un centimètre de cheveux blancs. Les traits sont marqués, figés, seuls les yeux paraissent vivants. Elle porte un treillis, aux pieds des rangers noirs impeccablement cirés. Marwan note dans un coin de sa tête « athlétique, hétérochromie, plus de soixante-cinq ».

– LA BOMBE, mesdames et messieurs, pas d'autre nom, pas d'autre vie ! ET MAINTENANT, un petit tour d'horizon pour nos nouveaux amis !

La focale de la caméra repasse en grand-angle, la Bombe tient un boîtier dans ses mains, manipule un joystick, l'objectif se dirige sur le sol et balaie lentement le corridor.

Il y a des flaques sombres et du verre partout, en nappes, en cristaux, en morceaux. Des culs de bouteilles, des goulots, des corps brisés jonchent le sol. L'image fouille le champ de cadavres, zoome sur les restes d'étiquettes encore collés au verre, trempés, la matière solide explosée, la matière liquide répandue, piétinée, les bouchons pris dans leur bague, arrachés, aussi grotesques que des têtes décollées. Un rat circule parmi les débris. Coetzer frissonne. Il a lu « Chamboulé Chardonnay », « Colombis Châteauneuf-du-Pape », « Les Pentes », il est retombé sur sa chaise, ses mains tremblent sur ses cuisses. Marwan repose la sienne sur son épaule. Il attend patiemment la fin de la séquence avant de prendre la parole.

– Je ne me présente pas puisque…

– SALUT NÉGO ! Tu veux que je te récite ton CV, mon CHERRY ? Tes trois passeports, tes états de service, ton défroquage, ta boîte de conseil, tes conférences à vingt-cinq mille, ta tête de peigne-cul, ta commode ? Tu veux reluire devant tes petits camarades, CHERRY CHERRY ?

Jackie Thran bloque son sourire mais Marwan le sent passer comme une onde sur son visage. Sa bouche est sèche. Il ne veut pas tendre la main vers le mug de thé froid posé près de son ordinateur mais il le regarde. Il prend une inspiration et recommence.

– Entendu, vous avez le contrôle de la situation.
– Et comment.

La Bombe a parlé sans remuer les lèvres.
La Brune fait un clin d'œil à la caméra.

– Tu m'en diras tant…
– BINGO, mon Cherry !! Tu as TOUT TOUT compris ! Tout-tout-TOUT !!

La Clown se lance dans une course effrénée d'un bout à l'autre du couloir. Elle dérape dans le liquide, dégringole, se relève, se relance, évite le rat, enchaîne trois roulades, retombe sur ses pieds, s'étale à nouveau sur le dos et applaudit à tout rompre.

– C'est bientôt fini ce cirque ? lance Jackie d'une voix glaciale. C'est un braquage ou un spectacle de cabaret ? Je vous rappelle que vous transgressez la loi, vous êtes d'ores et déjà sous le coup de plusieurs chefs d'accusation : introduction par effraction, vol, vol qualifié, complot pour vol, déguisement, vandalisme et…

– Braquage d'une arme !

La Clown sort un tire-bouchon et pointe la mèche vers la caméra. Elle sourit jusqu'aux oreilles.

– Tu changes de ton, mon capitaine.

– Déguisement, c'est un chef d'accusation ?

– Vol.

– Alcoolisme, c'en est un ?

– Vandalisme !

– On boit des coups, on joue aux quilles !

– C'est pas toi qui décides.

– Tranquilles.

– Vol, vol, vol.

– Bande de débiles ! J'ai une brigade prête à intervenir sur-le-champ, je n'ai qu'à faire un signe. Vous risquez votre vie, vous saisissez ?

L'écran se fige quelques secondes. Quand l'image repart, les trois braqueuses sont alignées face à la caméra, au garde-à-vous. La Clown se tourne lentement vers la droite, la Brune, lentement vers la gauche, la Bombe, au milieu, croise les bras, arrondit la bouche et dit :

– Ô.

Au bout d'un moment, elle tend devant elle son boîtier, montre de l'index un bouton rouge à côté du joystick et répète d'une voix neutre le message du tweet envoyé soixante-cinq heures auparavant.

– Vous ne pouvez plus entrer. Nous avons tout ouvert. Nous avons tout relié.

Le rat qui se déplaçait entre les bouteilles cassées monte lentement sur sa jambe gauche, passe dans son dos et vient s'installer sur son épaule. Quelque chose se tasse dans l'air soudain plus épais. Tout le monde le sent. Marwan attend que le malaise s'estompe, puis reprend, très calme :

– Que voulez-vous ?

On va avoir du mal à définir un OCP.

– Un quoi ? Arrêtez de faire dans la dentelle, Marwan. Ces femmes sont incohérentes, il faut envoyer la cavalerie.

– Et risquer de détruire trois cent cinquante millions de dollars de crus prestigieux ?

– Elles ne feront pas ça. C'est comme si des braqueurs menaçaient de brûler les billets du coffre qu'ils ont percé. C'est absurde. Aucun malfrat ne ferait ça.

– Il y a toujours un objectif commun partagé.

– Dans une négociation normale, peut-être.

– Il n'y a pas de négociations normales. Elles sont menées dans des environnements plus ou moins complexes et plus ou moins mouvants même si la condition est toujours la même.

– Et c'est ?

– La confiance.

– J'en étais sûre ! Vous n'êtes pas en conférence, Marwan, vous êtes sur le terrain, en prise avec trois braqueuses tellement « mouvantes » que je ne crois pas qu'un contrat de confiance soit envisageable. Vous savez combien de temps il nous reste avant que le typhon n'aborde la côte ?

– Quinze heures.

– Un peu moins. À partir de là, nous ne pourrons plus rien tenter tactiquement. Nous serons confinés, nous ne pourrons plus lancer l'assaut, nous ne pourrons sûrement plus communiquer. Ça ressemble à un compte à rebours avant l'impasse.

Marwan et Jackie font les cent pas sur la route qui longe le bunker, loin de l'entrée alpha, et du poste de commandement où toutes leurs discussions sont entendues. Le ciel est très clair, limpide, la végétation complètement immobile. Rien ne bouge autour d'eux, les oiseaux se sont envolés, le reste de la faune s'est terré quelque part, à l'abri. Jackie imagine un instant des troupes d'araignées jaunes, grandes comme la main, des dizaines de surmulots survoltés au refuge avec les trois folles du bunker. Elle hausse les épaules. La prise de contact a été mouvementée. La question de Marwan n'a rien éclairé, au contraire. Elle a fait jaillir une multitude de réponses. Depuis vingt minutes qu'ils sont dehors à débriefer, ils n'arrivent pas à démêler les enjeux des objectifs, ni à savoir s'ils sont en présence d'un braquage classique, d'une prise d'otages ou d'un retranchement. La situation sera explosive à l'extérieur dans douze heures, et ils savent maintenant, bien qu'ils n'en aient pas la preuve formelle, qu'à l'intérieur, elle est devenue potentiellement implosive.

– Accédons à la requête la plus simple.

– Le make-up ? Vous plaisantez ?

– C'est un premier pas. Un premier échange. Si un forcené me demande l'heure, je la lui donne. Ça crée une relation. C'est ce dont nous avons besoin.

Jackie hausse les épaules à nouveau.

– O.K., allez-y. Je suppose que vous avez noté la liste.

Marwan se tapote la tempe droite.

– Elle est ici. Merci.

Il entre au pas de course dans le QG et griffonne sur un morceau de papier : « la Prairie, crème cellulaire platine rare, base lumière universelle le Blanc, poudre lumière glacée, rouge Allure n° 1, eye-liner *long lasting*, Chanel, mascara Diorshow Black Out, faux cils Terryfic 3D by Terry + colle ». Tout ce que la Brune avait résumé par les mots « Bref, un nécessaire à maquillage », et tend le papier à un des hommes en uniforme.

– Si vous voulez bien nous apporter ça rapidement.

Le type prend le papier, son regard interroge Jackie qui vient de passer la porte.

– Allez-y, sergent, chez Lane Crawford à Times Square, ce sera le plus simple.

Dans le local de commandement, l'écran de Marwan affiche à nouveau le logiciel d'analyse des voix. Il ouvre l'historique et constate sans surprise que l'échange n'a pas été enregistré.

Jackie frappe frénétiquement sur son clavier. Un journaliste de CNN est annoncé, il devrait arriver d'ici une heure et ce n'est pas une bonne nouvelle.

Avec l'accord de la cheffe (« Vous pouvez toujours essayer »), Marwan tente d'établir un nouveau contact avec le bunker, mais malgré ses annonces répétées, il n'obtient aucune réaction. Dans ses écouteurs, le silence est total. Sous ses yeux, le mug ne fume plus.

Jackie bâille, regarde ses troupes et décroche son portable pour passer une commande de nouilles sautées pour quinze. Elle charge Coetzer d'aller les récupérer discrètement au 10 Deep Water Bay Drive.

– Dans une demi-heure.

– Mais c'est à vingt minutes de marche !

Coetzer est abasourdi. Il s'est endormi sur une chaise pendant l'accalmie du débriefing. Sa veste est aussi fripée que son moral mais il ne veut pas donner l'impression qu'il perd le contrôle.

– Quinze portions, c'est trop.

– Je connais mes hommes, répond Jackie. Un peu d'exercice vous fera le plus grand bien, croyez-moi.

– C'est ça ! La pause-déjeuner, c'est sacré. Les braqueuses déjeunent, on déjeune, tout va bien. Je vous offrirais volontiers un petit blanc sec pour accompagner vos nouilles mais le problème, c'est que je n'ai plus la clef, voyez-vous.

Jackie s'adosse à son siège et le regarde droit dans les yeux.

– Voulez-vous qu'on donne un nouvel assaut ?

Il la foudroie du regard, tire sur les pans de sa veste et sort sans un mot.

– Ethan Coetzer est grognon au réveil, dit Jackie, c'est un fait.

Elle observe par la fenêtre du QG le dos de l'ancien diplomate qui s'éloigne. Elle regarde dans le vide comme si cet air immobile, dans lequel ils sont pris, elle, ses hommes, le négociateur et les trois folles du bunker, recelait un sens caché. Quelque chose cloche, qu'elle n'arrive pas à discerner.

– C'est la première fois que j'accède à la requête d'un délinquant.

– Petite requête.

– Ah oui ? Crème cellulaire au caviar et caviar blanc, petite requête ? À 1 200 dollars le pot de 50 ml, vous avez le quotidien doré dans le métier !

– C'est mieux que les trente millions exigés par la Bombe, non ?

– À vrai dire, c'est la seule chose que je trouve claire dans tout ça. Trente millions de dollars, c'est un mobile qui se tient. Plus qu'un hélicoptère pendant un typhon.

– Ou une limousine à six portes, une invitation au Staatsoper et un GAZ-66. Et plus que « Rien du tout merci, on a tout ce dont on peut rêver ici ».

Jackie soupire :

– Elles nous embrouillent. Elles gagnent du temps.

– Ou elles s'embrouillent entre elles. Ce qui serait bon pour nous.

– Pas sûr. Une équipe qui part en vrille, c'est quitte ou double. Le fait est qu'on ne peut pas dire si ce sont trois cinglées qui se sont lancées dans un truc qui les dépasse complètement ou si ce sont trois cinglées qui savent très bien ce qu'elles font. Et je ne sais même pas ce qui serait préférable.

Marwan est en train de réfléchir à ce qu'il faudrait mettre en place pour en isoler une, plutôt la Brune, quand une cascade d'emails l'interrompt. Les résultats d'analyse de la trace ADN découverte dans la bouteille d'urine viennent d'arriver.

– O.K. Ce sont des pros, constate Jackie Thran. Du moins celle-ci. « Jelena Drogan, soixante-sept ans, d'origine croate, nationalité américaine. Ancienne cheffe démineur formée en Israël dans les années 66-68. Spécialisée en engins explosifs improvisés, intervention mobile tactique de mise en œuvre rapide et analyse attentat. Elle a été cheffe de mission en Colombie, Angola, Afghanistan, au Liban et en Syrie. Dernier domicile connu, Anafi. » Jackie fait défiler les images. Elle aime la cuisine. Et elle est capable de porter un obus de quarante-cinq kilos sur une épaule. Encore maintenant.

La dernière photo montre Jelena Drogan sur une plage dans un paysage méditerranéen, en combinaison de plongée, le visage ruisselant sous son auréole de cheveux blancs, discrètement radieuse. Elle porte comme une plume une ogive de soixante centimètres complètement rouillée.

– Pas de casier judiciaire. On va vraiment s'amuser.

– Ce profil me plaît. Organisée, décisionnaire, habituée à la pression, c'est un leader. On va pouvoir parler.

– Elle ne fera pas d'erreurs, Marwan. Elle n'en a jamais fait. Mais pourquoi tenter un coup de main après une telle carrière, c'est la question. Pourquoi maintenant, après s'être contentée d'un salaire moyen pendant tout ce temps. Et avec ces deux-là en plus ? Une clown et une, une je-ne-sais-pas, une danseuse de tango, une star de cinéma ?

– Vous n'aimez pas le cinéma ?

– Au contraire, j'adore le cinéma. Mais en salle. Et je déteste le cirque si vous voulez savoir.

– Qu'est-ce qu'il peut bouffer ton rat ! On aurait dû demander un régime de bananes, il va finir le cheddar.

– C'est bon, Bizzie, il a bien bossé.

Jelena Drogan est allongée sur le canapé du bunker de réception, la tête dans un coussin, les rangers sur l'accoudoir, elle caresse d'un doigt précis la colonne vertébrale du rat qui grignote sur son ventre. Détendue, elle regarde au-dessus d'elle la carte des bourgognes affichée au mur. Une mosaïque de rouges et d'ocres dorés dont elle commence à trouver la symphonie élégante. Elle se félicite d'avoir gagné la partie de quilles ce matin. Elle a bien mangé, elle a choisi le vin et elle peut profiter du canapé pour la sieste, l'après-midi ne pouvait pas mieux s'annoncer. C'est le bon moment pour recharger les batteries. Silly a dormi une grande partie de la nuit, c'est son tour de veille. Elle n'a fait que goûter au vin du déjeuner, la vraie bombe n'est pas pour maintenant, elle est partie vérifier le système dans la pipe d'évacuation, et organiser les bouteilles du bunker lambda.

La Clown a cessé de couiner en regardant le rat. Elle a tiré un fauteuil dans un coin et s'est assise derrière avec une pince et un rouleau de fil de fer qu'elle a trouvés dans l'unité de contrôle. Jelena Drogan ne tient pas à savoir ce qu'elle compte faire avec ça, elle a renoncé à chercher un sens aux impromptus de Bizzie. Quoi qu'elle fasse pour l'instant, l'essentiel est qu'elle le fasse en silence.

Bizzie doit être occupée dix-huit heures sur vingt-quatre pour conserver un certain équilibre, c'est comme ça, et personne autour d'elle ne s'est risqué deux fois à essayer de canaliser son hyperactivité. Quand elle ne verbalise pas tout ce qu'elle fait, c'est supportable, inutile, souvent inoffensif, et parfois impressionnant.

Illiad commence à s'endormir roulé en boule sur le ventre de sa maîtresse. Il est lourd mais elle apprécie ce poids et cette chaleur familière. Ce n'est pas le plus jeune de ses rats mais c'est le plus aventureux et il est musclé. Elle a tout de suite su qu'il serait l'individu idéal pour ce genre de mission. Dès qu'elle a eu les plans sous les yeux, elle l'a imaginé parcourir le coffrage des douze bunkers d'un seul élan. À son aise dans les cinquante centimètres de vide entre les deux parois de béton armé. Un fil à la patte arrière gauche, les vibrisses en activité maximale, Illiad a effectivement trouvé son chemin autour de chaque bunker, dévidant près de neuf cents mètres de mèche gainée de 0,08 cm de diamètre, sans la moindre erreur ni fatigue apparente. Il a atteint l'objectif en vingt-huit minutes, soit cinq de moins qu'à l'entraînement. Les rats, comme les hommes, font preuve d'un regain d'énergie en situation réelle.

Jelena Drogan a pris l'habitude de prévenir ses rats avant de les engager sur le terrain. Même si elle est convaincue qu'ils savent parfaitement à quoi s'en tenir dès lors qu'ils sont extraits de leur environnement habituel, elle a toujours un geste, juste avant le top départ, pour leur rappeler ce qu'ils risquent. Contrairement aux hommes, ça les calme.

Quand ils sont dans cet état de concentration, l'espace se dissout autour d'eux, ils bougent dans un air dilaté, facile, dans une durée compacte dont chaque seconde est arrachée au néant. Elle aime les voir, elle aime avancer avec eux au bord du gouffre, consciente de chaque inspiration. Elle aime aussi la vacance profonde qui suit une mission bien menée. La sensation de légèreté qu'elle éprouve physiquement, comme si elle passait de la Terre à la Lune. Ce sont des moments qui ne durent pas, elle le sait d'expérience, comme elle sait qu'il faut profiter des occasions quand elles sont belles.

Jelena Drogan se sent bien. Elle cale sa tête un peu plus profondément dans le coussin, son cerveau passe doucement en ondes alpha, les petits bruits de pince que produit le travail de la Clown traversent sa conscience sans la déranger, elle va s'endormir. Elle jette un dernier coup d'œil au rat sur son ventre, il rêve, ses vibrisses battent en cadence. Elle va fermer les paupières quand tout se déclenche simultanément. Le rat qui ouvre les yeux, saute sur ses pattes, dégringole sous la déflagration qui tonne et souffle dans le tuyau de la pipe d'aération. Elle est debout en un quart de seconde, la Clown bondit de son fauteuil, jette sa pince et lui lance un masque à gaz. Jelena Drogan le fixe, attrape un autre masque sur la table et se dirige vers le bunker lambda, la Clown sur ses talons.

– Les cons, dit-elle à travers les filtres.

La Brune est sous la prise d'air quand elles arrivent sur place. Elle a enroulé son étole et l'a nouée sur sa bouche et son nez. Elle regarde les filets de fumée blanche qui s'échappent du conduit.

– Ils n'ont pas pu s'en empêcher.

Jelena Drogan lui tend la protection.

– Merci. Ce ne sera pas nécessaire.

– C'est quoi ?

– Rien d'original. Du CS. La grenade est dans la trappe. Elle est en train de se vider à l'extérieur.

La Clown resserre son masque, ébouriffe sa crête. La Bombe enlève le sien.

– Bon. Il va falloir leur parler.

Les trois caméras sur pied sont placées face à l'entrée du bunker alpha. CNN s'est installé sur le toit du QG, les deux autres, cinquante mètres plus loin, à gauche et à droite de la porte, derrière la ligne où Jackie Thran a situé la zone interdite.

Les câblages sont en place et courent sur le sol comme de gros serpents noirs. Ils ont filmé les arbres, les buissons, la route claire, la baie parsemée de monts boisés derrière eux. Ils ont filmé le flic qui s'est pris un retour de gaz, en larmes, le majeur bien dressé vers la caméra. Ils commencent à apprécier l'ambiance.

La Clown s'est mise en marche, ses grandes chaussures écrasent les morceaux de verre, elle débloque la porte et l'ouvre d'un coup de pied. À l'abri derrière l'autre battant, elle attend que tout le monde prenne la mesure du trou noir qu'elle vient de créer. Et elle se jette dehors.

En masque, la crête dressée, une serviette de table à la main, qu'elle agite frénétiquement à bout de bras au-dessus de sa tête. Elle fait des moulinets si violents que son masque à gaz tressaute sur son visage. Puis elle s'immobilise, déploie le drapeau blanc devant elle, le monte à hauteur de son front, le descend, le secoue et il n'en sort pas de lapin. Elle roule le tissu, le fait passer dans son poing fermé, le gauche, le droit, le déploie de nouveau, montre ses deux faces. Elle l'étale au sol, soigneusement, elle en lisse les plis et quand il est parfaitement à plat, elle prend appui dessus sur ses mains, exécute un équilibre et une roulade dont elle se relève en sautant sur ses pieds joints. Elle salue. Arrache son masque, ramasse la serviette, se mouche dedans, s'essuie la figure, se tourne et se torche. Tous ses gestes sont exagérés.

Son visage hilare est une grimace, un barbouillage liquide de fards mêlés. De face, elle fait coulisser la serviette d'avant en arrière dans son entrejambe. Elle joue du bassin, la tête renversée, la bouche grande ouverte, puis elle se frotte le dos, les aisselles, les oreilles et fourre le bout de tissu dans sa jupe-culotte. Elle montre la bosse qu'il fait dans sa braguette, donne trois vigoureux coups de reins dans le vide et se fige, bras et jambes en compas, lèvres arrondies de surprise. Avant de repasser la porte d'un bond, elle ramasse le masque à gaz, le fait tourner comme un marteau et le lance sur la route.

La scène a duré moins de quarante secondes. Elle a été si subite qu'un des cameramans n'a pas eu le réflexe de la filmer. Il en reste bouche bée.

– Putain, dit Jackie, je leur enverrais volontiers un camion-citerne d'ensuflorine.

– Qu'est-ce que c'est ?

– Un anesthésiant vétérinaire.

Marwan sourit.

– Au moins maintenant on sait ce qu'elles pensent des gaz lacrymogènes.

– Très expressif.

– Vous ne finissez pas vos nouilles ?

– Servez-vous, je vous l'ai dit, le cirque me coupe l'appétit. Et cessez de sourire, le problème reste entier.

– ET IL EST PLUS GROS QUE VOUS NE LE PENSEZ.

La Brune vient d'apparaître à l'écran. Une étole de soie pliée sur la longueur est nouée autour de son cou et retombe comme une cravate entre ses seins. Jackie Thran sent un frisson lui chatouiller le bout des doigts de pied.

– Enregistrez notre conversation, monsieur Cherry, vous en ferez des analyses passionnantes quand tout sera terminé. Mais commencez par écouter. Nous détenons des otages. Nous sommes prêtes à les exécuter. Tous. Un par un ou ensemble. Nous avons le choix. Nous sommes dans un lieu qui résiste à des pressions formidables. Celles que vous tentez d'exercer sont dérisoires. Nous sommes dans une île, dans une cité, dans un submersible, inexpugnables. D'un entrepôt, nous avons fait une campagne. Les richesses circulent à l'intérieur, de l'intérieur, nous n'avons et elles n'ont aucune raison d'en sortir puisque nous sommes là où vous ne pouvez être, que nous avons tout ouvert, tout relié. Réfléchissez. Et déposez mon nécessaire à maquillage dans dix minutes devant la porte, puisque ça vous fait plaisir.

Le négociateur n'a pas le temps de répondre, l'image saute et disparaît. Jackie Thran n'a plus des frissons mais des fourmis dans les mains.

– On appelle l'armée ?
– Qu'est-ce qui vous prend, Marwan, elles vous énervent ?
– Je plaisantais.
– Sergent, passez-nous les crèmes et les babioles que vous avez rapportées. On va leur faire un petit paquet-cadeau avec.
– Je ne suis pas sûr qu'un explosif serait bien perçu.
– Oui, bon. Un micro dans le tube de rouge à lèvres, c'est possible ?
– C'est possible.
– Parfait. Vous avez six minutes.

Coetzer non plus n'a pas fini ses nouilles. Lui qui ne touche jamais aux alcools forts se demande si un petit whisky ou une vieille prune de chez Binner ne ferait pas passer cette sensation de pierre qui pèse sur son diaphragme. Les paroles de la Brune l'ont suffoqué. Il a vu aussi clairement qu'elle ses cent mille bouteilles, alignées, privées de lumière, couchées dans leurs cellules individuelles, aussi impuissantes que d'authentiques otages. Chacune est un condensé, une métonymie organique, la rencontre d'un savoir-faire avec un sol et une année hasardeuse et unique. Elles sont toutes chargées de mémoire, pleines d'avenir, dans chacune une vie fermente. Ses caves d'élevage, de maturation, de garde auxquelles il a si soigneusement veillé se sont transformées en une dure prison noire d'où elles ne ressortiront peut-être pas, pas vivantes. Il en est révolté. Malade. Ce qui le trouble le plus, c'est que ces femmes montrent tous les signes d'une vraie connaissance du vin, et qui le connaît l'aime. Elles ne peuvent pas tout boire, une vie n'y suffirait pas, ni trois. Comment pourraient-elles envisager sérieusement une destruction pure et simple, un Trafalgar ? Il ne comprend pas. Jackie Thran est en train de fermer le colis du nécessaire à maquillage quand il sait tout à coup ce qu'il doit faire.

– J'y vais. C'est moi qui leur porte.
– Pas question.
– Pourquoi pas ?
– Vous n'êtes ni flic ni négociateur.
– Madame, j'ai derrière moi une carrière d'ambassadeur. Pensez-vous vraiment que je n'ai rien appris en termes de diplomatie ? Comment croyez-vous qu'on puisse sans négocier récupérer douze bunkers de l'armée anglaise, les équiper avec l'aide de l'Unesco et attirer la clientèle des plus grands collectionneurs du monde en moins de deux ans ? Sans mise de fonds, je précise, sans pots-de-vin non plus.
– La persuasion, affirme Marwan.
– Un renvoi d'ascenseur plutôt, dit Jackie.
– L'équilibre. Tout est affaire d'équilibre, ce n'est pas vous qui me contredirez. Laissez-moi tenter quelque chose avec elles. Tout de même, je suis plus concerné que vous.
– Justement. Vous l'êtes trop. Les émotions sont mauvaises conseillères.
– Ça dépend de qui les éprouve.

– Vous ne les ferez pas pleurer, Coetzer.

– On peut toujours essayer. Qu'avez-vous à perdre ?

– Du temps.

– Pardonnez-moi si je me trompe mais je ne trouve pas qu'on en a gagné tellement depuis que vous avez pris les choses en mains. Ça n'a rien de personnel.

Marwan et Jackie échangent un coup d'œil. Marwan hésite en haussant une épaule, Jackie se tait puis tranche.

– O.K. Allez-y. Vous avez quatre minutes.

Coetzer tient le paquet à bout de bras comme s'il allait lui exploser à la figure. Il avance à pas comptés vers la porte qui n'est plus tout à fait la sienne et s'étonne durant ce bref parcours de voir les choses familières – la route, les arbres, le blindage de l'acier et sa peinture cloquée – sous un angle tellement différent. Ce n'est pas seulement la fatigue et le stress accumulés, pas seulement la particulière qualité de l'air, le calme lourd d'avant la tempête, c'est son esprit qui s'est retourné. Comme s'il avait pivoté sur un axe. Il revient à l'époque où les bunkers, épaves d'une bataille sanglante et perdue d'avance, étaient comme une plaie de béton ouverte dans la montagne, rongée par les lichens. Il est conscient de jouer sa vie, il voit le film à rebours et se retrouve devant la porte les bras ballants, vidé de toute intention.

Dans le local des opérations, la Brune apprécie à voix haute la ponctualité de la livraison et ordonne à Coetzer de s'éloigner. Mais Coetzer ne s'éloigne pas. Il pose le paquet à ses pieds, il enlève sa veste qu'il plie soigneusement et la dépose au sol, il ôte ses chaussures, son pantalon, sa chemise, son caleçon et, nu comme un ver, toc toc, il frappe à la porte.

– Il a pété un plomb. On n'aurait pas dû le laisser faire. Allez le chercher, sergent.

– Attendez.

La porte vient de s'ouvrir. Jelena Drogan se tient sur le seuil et regarde alentour. Coetzer met un doigt sur sa bouche.

– Je n'ai pas d'arme.

– Je vois ça.

– Je viens me livrer.
– On ne vous demande pas.
– Je veux mourir avec elles.
– Arrêtez vos conneries.
– J'ai besoin d'un verre.
– Ah. C'est plus clair.

Drogan fait un bref signe de tête et comme un souffle, dans un enchaînement de gestes d'un naturel absolu, Coetzer ramasse le paquet du maquillage et passe devant la Bombe qui lui tient la porte. Deux secondes après, tout est à nouveau bouclé.

– Merde, merde, merde, merde ! Dites-moi que je rêve, on ne vient pas de leur livrer un otage, je délire ou quoi, c'est arrivé comment ?
– Un négociateur dans la place, c'est un progrès.
– C'est vous le négociateur ! Qu'est-ce que vous foutez là ? Récupérez-moi ce type dans la minute ou je vous vire d'ici à coups de pied au cul.

Marwan est si près de Jackie qu'il sent son souffle sur son visage. Sa main de flic a saisi par réflexe la poignée de sa matraque. Marwan ne bouge pas, il attend sans broncher, aussi neutre qu'il peut l'être. Quand le sang revient aux jointures des mains de Jackie, il recule d'un pas et parle.

– Je ne pense pas qu'elles le retiennent très longtemps.

– Vous pensez trop. Et mal. Elles n'avaient que des bouteilles et vous leur avez envoyé le type qui vous a appelé en renfort pour le sortir de son pétrin. Pas mal, non ?

– Je suis sûr que la situation évolue dans le bon sens.

– Je vous en prie, fermez-la. J'ai donné mon accord pour cette connerie, c'est la dernière ! Je ne vous laisserai plus aucune initiative.

Le tube de rouge est délicieusement gras. Debout au milieu du bunker de réception, la Brune fait jouer sous les néons le petit miroir du poudrier. Elle apprécie le toucher velouté de la matière soyeuse sur ses lèvres, son odeur un peu lourde. Ses gestes sont ceux d'une experte, elle pourrait se passer du miroir mais elle aime voir la nuance du rouge accuser le dessin de sa bouche.

La Clown a sorti tous les tubes et les pots du paquet avec une exclamation de joie et un petit battement de mains pour chacun. Elle a plongé ses doigts dans la crème au caviar, elle a secoué le mascara et dévissé son rouleau luisant, elle a enfoncé un bout de fil de fer dans la poudre, puis elle a collé les faux cils 3D sur son pouce et son index. Elle fait des mouvements de pince dans la direction de Coetzer. Il s'est enfoncé dans un de ses fauteuils grand confort comme on le lui a ordonné. Il ne bouge pas. Il essaie de ne pas regarder les pattes noires qui remuent comme si elles avaient quelque chose à lui dire, ni le visage décomposé sous des traînées de maquillage, ni la crête verte qui s'avance vers lui dans une sorte de danse. Mais il est fasciné. Quand les faux cils sont proches à le toucher, la Clown prend une voix de tête et ventriloque le personnage poilu qui se débat au bout de ses doigts.

– Alors Coco, qu'est-ce qu'on boit ?

Coetzer se dandine d'une fesse sur l'autre dans son fauteuil, tente de se redresser, pose les mains sur les accoudoirs sans quitter des yeux les pattes de mouche.

– Une poire, s'il vous plaît.

– Pour la soif ? Pour l'angoisse, maintes poires ? « S'il vous plaît » qui ?

– Ma Clown. Madame.

– Une poire, une ! hurle Bizzie en détournant la tête.

– Vous avez soif depuis longtemps ? Un petit coup de mou ? Besoin d'un remontant ?? Envie d'usiner ? Binner, Meyer, Cazottes, Rose Guala ?

– Comme vous voudrez. Madame.

– Pas difficile ce client-là !

– C'est à voir, Bizzie.

Jelena Drogan revient du bunker oméga. Elle porte une bouteille dorée et quatre verres à whisky. Elle pose le tout sur la table basse, invite la Brune et la Clown à s'asseoir.

– Strathisla de 1962.

– *Big deal.*

Dès la première gorgée, ample, profonde, aromatique et tendue, Coetzer se sent bien dans son corps, confortable, les viscères en place, les poumons pleins d'espoir. Les trois femmes l'évaluent sur cette première gorgée. Sur la deuxième, qui suit rapidement, généreuse, bien en bouche, et sur le temps qu'il marque avant la dernière, la main arrondie autour du verre pour le réchauffer.

– Jolie descente.
– Gosier en pente.
– On a trinqué ?

La Bombe ressert Coetzer. Il regarde couler l'alcool dans son verre. Il le fait tourner, il le respire, puis il tend le bras.

– À notre entente, mesdames.
– Ta mère ! C'est pas toi qui mènes le bal ici.
– J'en suis conscient.
– Alors écrase, si tu veux repartir avec un slip et tes deux burnes dedans.

– Ça commence bien, je trouve.
Jackie Thran se concentre sur l'échange. Le micro à l'intérieur du tube de rouge à lèvres a l'air de fonctionner, c'est le premier point positif depuis des heures. Elle a décidé de s'y accrocher.
– Elles prévoient de le renvoyer couvert, entier et vivant, ce n'est pas un mauvais début.
– Ou elles le menacent de finir à poil et castré, question de point de vue.

– Vous êtes pessimiste.
– C'est ça.

Coetzer déglutit et laisse une rétro-olfaction envahir sa cloison nasale, son palais et sa gorge.

– C'est une très belle cuvée. Il est possible que ce soit mon dernier verre, mais je le trouve magnifique. On devrait toujours boire comme ça.

– Comment ? demande la Bombe.

– Je ne sais pas. Conscient. Nu. Dévalisé.

Coetzer a parlé sans tremblement dans la voix. Ce deuxième verre qui touche au fond lui confère une assurance dont il n'avait pas idée. Il ne ressent plus l'urgence, la situation lui paraît naturelle, presque bienvenue. Les trois femmes boivent avec une attention souveraine. Ni tendues, ni relaxées, ni absorbées, elles ont simplement l'air d'être présentes. Elles prennent leur temps. Le silence s'installe au point que Marwan dans le QG se demande si Coetzer n'a pas été chloroformé. Mais il reprend la parole :

– Une menace est efficace tant qu'elle n'est pas exécutée.

– Et quelques secondes après, dit la Brune.

– Le temps que le souffle de sa désintégration met à s'épanouir dans l'espace. Que les bourrelets de fumée s'amoncellent, que la matière se répande dans les trois dimensions de l'air.

La Bombe semble voir au ralenti la danse des particules libérées de leurs chaînes, lâchées dans le volume, en surpression, en pleine détente, à l'équilibre, et sa vision illumine la pièce. Bizzie a les yeux grands ouverts. Des larmes d'eye-liner traversent le rouge de son sourire flou.

– Le temps de la sidération, dit-elle.

– Et un siècle après, on se souvient encore de la menace échouée. Une baleine de trois hectares sur une plage sans histoire.

– Une énorme absurdité.

– Mais pas dénuée de beauté, Coetzer, vous en conviendrez.

– Je préfère les baleines vivantes.

– C'est un goût répandu.

La Brune se lève, immense sur ses escarpins.

– Il faut que j'aille pisser.

Marwan monte le son au maximum pour suivre ses pas.

– Impeccable. Pas le moindre trébuchement.

– De quoi parlent-ils ? De baleines, franchement. Ils font salon ?

– Ils prennent contact, ça se passe plutôt bien.

– Parfait. Il devrait les prendre en sous-location, ce serait une bonne solution. Hôtesses d'accueil, conseillères délire-détente, un truc comme ça, gagnant-gagnant.

– Bon, je vais me refaire une beauté, dit Bizzie qui se lève à son tour, attrape une serviette de table et va chercher une bouteille de lait dans le bloc cuisine. Elle se rassied face à Coetzer, décolle les faux cils de ses doigts, mouille la serviette et se démaquille avec soin. Le liquide goutte sur la table, le tissu se gorge de couleurs épaisses. Quand son visage apparaît, il est si nu que Coetzer détourne les yeux. Elle n'y prête aucune attention, se ressert un verre, ouvre le pot de crème et s'hydrate. Elle s'adosse à son fauteuil, ferme les yeux et attend que le produit ait pénétré sa peau. Quand la Brune revient des toilettes, Bizzie s'est profondément endormie. Coetzer fixe le rat qui renifle ses orteils et Jelena Drogan se cure les ongles avec le couteau qu'elle a sorti de sa poche. Subitement, le rat saute sur les genoux de Coetzer qui se lève d'un bond en poussant un cri suraigu, le couteau file et se plante dans l'accoudoir qu'il vient de lâcher, Bizzie se réveille sur pied, la Brune repose la bouteille qu'elle a saisie par le goulot.

– On se calme.

Illiad a chié sur le fauteuil et s'est blotti dans le coin le plus sombre de la pièce, la tête contre le mur. Il émet de petits bruits et gratte le tapis. Jelena le rejoint et s'accroupit au-dessus de lui en murmurant des mots apaisants.

Elle a récupéré le couteau dans le bras du fauteuil sans un regard pour Coetzer qui a renversé le reste de son whisky sur ses cuisses et qui accuse le coup, debout, désemparé.

La Brune arrache le rideau qui camoufle la porte intérieure du bunker de réception et le lui jette.

– On les a assez vus.
– C'est lui qu'on a assez vu.

Bizzie bâille et s'étire les bras au-dessus de la tête.

– J'ai fait un rêve de poisson, dites donc, magnifique. En couleurs. Où en est-on ? Ah oui, ma beauté !

Elle ouvre le poudrier, nettoie le miroir avec un doigt, se regarde, plisse le front, gonfle les joues et saisit le tube de rouge à lèvres qui lui échappe et tombe sur la table.

Au QG, le bruit sonne comme un coup de masse.
– Pas de panique.

Coetzer fait un geste un peu brusque pour rattraper le tube qui roule entre les verres.

– Tu veux essayer, Cutzi ?

Enveloppé dans sa toge cramoisie, l'ex-diplomate le prend avec un pauvre sourire. Bizzie s'approche et lui présente le miroir.

– Arrête de trembler, tu vas te rater.

Coetzer fait monter le bâton de rouge et l'applique sur ses lèvres du philtrum aux commissures. Son reflet saute dans le miroir de poche mais il ne déborde pas. Il marmonne. Il anticipe.

– Non, ce n'est pas la première fois.
– On s'en doute.
– On s'en fout.

Jelena Drogan a récupéré Illiad. Elle le tient contre elle sur son bras replié. Il cache sa tête dans le creux de son coude, les poils de son dos ont partiellement dégonflé.

– Il a eu ce qu'il voulait, il est rhabillé, il s'arrache.

– Attendez…

Coetzer hésite. Il rajuste sa toge sur son épaule, fait une moue que le rouge rend obscène, prend sa respiration et se lance.

– Vous n'avez pas tout ouvert.

– Alors ?
– Toujours rien.

La dernière information que le tube de rouge à lèvres a transmise aux forces de l'ordre émanait de Coetzer. En se maquillant les lèvres, il a réussi à leur dire de ne pas s'inquiéter, que tout allait bien, il avait la situation en main. Ils ont entendu le bâton rentrer dans son fourreau, le claquement sec du capuchon et les pas des protagonistes s'éloigner dans les profondeurs du bunker.

– Ça fait deux heures, c'est trop long, dit Jackie Thran.
– Coetzer est un vieux renard.
– Il faut l'espérer !

Jackie Thran et Marwan Cherry ont repris les plans d'ECWC et les ont examinés dans le détail. Ils n'ont rien vu qui pourrait ressembler de près ou de loin à une cache secrète ou un accès dérobé. Jackie a demandé au service d'investigation de retrouver l'architecte en charge de la réhabilitation des bunkers. Elle attend la réponse.

Les coups de fil et les plaintes commencent à remonter jusqu'à elle. Un milliardaire suisse, deux princes arabes et un acteur américain inondent sa boîte vocale de messages plus ou moins menaçants. Ils lui promettent la mutation immédiate, la rétrogradation, le placard et même l'enfer en cas d'échec. Le dernier lui a proposé trois millions de dollars pour la rançon, du gaz moutarde ou une lapidation, elle lui a raccroché au nez en lui disant d'aller se faire nouer une cravate mexicaine dans le désert, avant de bloquer tous les numéros inconnus.

– Si ça continue, nous aurons les chefs de la diplomatie internationale sur les bras avant la fin de la journée.

Les journalistes qui ont commencé à diffuser les images de Jelena Drogan cherchent des témoignages. Une centaine d'appels a déferlé dans les bureaux de la police de Hong Kong. D'anciens collègues, des touristes, quelques pêcheurs grecs, une foule de gens bien intentionnés ont prétendu qu'ils avaient des réserves à son sujet depuis des années, qu'ils ne se doutaient de rien, que c'était une femme très bien, courageuse, volontaire, rationnelle, emportée, froide, colérique, dopée à l'adrénaline.

Les portraits allaient du monstre de maîtrise à l'hystérique caractérisée, en passant par la Mme Tout-le-monde, une femme très serviable et réservée. Certains témoins ne l'avaient vraisemblablement jamais croisée.

Jackie Thran s'est concentrée sur les trois démineurs qui avaient servi sous ses ordres. Un Portugais l'a décrite comme une cheffe fiable, attentive à la sécurité et à la formation de son équipe. Un Afghan lui a dit qu'elle avait une bonne descente et se sentait sûrement plus proche de ses rats que de ses hommes et un Libanais lui a assuré qu'elle était désintéressée, que l'argent n'avait jamais été son mobile, et que si on pouvait lui reconnaître un sentiment ambivalent par rapport aux engins explosifs, il n'était ni plus ni moins prononcé que celui d'un pompier pour le feu. Elle avait toujours été du bon côté. Jackie Thran a pris leurs coordonnées et les a remerciés.

C'est un autre témoignage qui retient son attention depuis plus d'une heure. Celui d'une spéléologue amateure qui a envoyé un bref message et une photo de groupe avec la mention « préparation de la sortie au ColoSuss ». On y voit Jelena Drogan de trois quarts, un casque sur la tête, des rangers aux pieds, une corde à l'épaule et un gros sac étanche sur le dos.

Jackie Thran n'a pas pu joindre directement l'expéditrice, mais elle sent qu'elle tient quelque chose avec cette image. L'équipe est souriante, composée en majorité de femmes, ce qui est exceptionnel pour ce genre d'activité, mais surtout, à la droite d'une grande blonde dont les cheveux cascadent sous le casque orange, se tient une femme de petite stature dont le nez est pris dans une balle rouge.

Jackie Thran est prête à parier que celle-ci porte une crête verte sous son casque de chantier à pois bleus, mais la photo est trop pixelisée pour l'exploiter davantage. Jackie Thran pile du poivre en relevant, dans l'album du site de spéléo des Lefká Óri, la liste des membres et les avis des touristes sur l'encadrement et les sorties organisées par le club. Elle en est presque au point de tout savoir sur l'équipement minimum du petit spéléologue quand le sergent lui tend son téléphone portable.

C'est Michaela Guidoboni, l'expéditrice de la photo, qui vient de lire l'email lui demandant d'appeler Hong Kong dès que possible. Jackie Thran se présente, décrit brièvement la situation, dont Michaela est en partie au courant grâce à la presse, et l'invite tout de suite à identifier certains membres du groupe. Michaela propose de lui envoyer l'extrait du registre où elle note les noms des participants et leur numéro de licence. Jackie Thran accepte et voudrait savoir si elle se souvient personnellement de cette sortie. *E come no !*

L'Italienne commence à se lancer dans la description détaillée du gouffre, son intérêt scientifique, la densité exceptionnelle des phénomènes karstiques, ses beautés. Jackie Thran écoute, attend le signal qu'elle est sûre de recevoir à un moment ou un autre. Elle patiente, ne coupe pas les digressions, n'oriente pas la conversation.

Michaela Guidoboni est historienne, spécialiste de volcanologie antique, elle a enseigné une vingtaine d'années à l'Istituto Nazionale di Geofisica e volcanologia de Bologne et formé nombre d'étudiants, dont Livia Scilla, cette blonde aux cheveux cascadants, qui fait partie du groupe qui les intéresse tant. Une jeune femme extrêmement brillante, passionnée par la pétrographie, la cristallographie et la géologie structurale mais dissipée, séductrice, instable et attirée par tout ce qui, comme elle, capte la lumière.

Elle n'a jamais manqué de fantaisie et, cet été-là, ne sortait plus sans sa perruque de grande blonde qui redessinait toute sa silhouette. Jackie Thran, le nez sur la photo, frappée par cet indice, retient son souffle. En regardant la blonde, elle reconnaît la Brune, la Brune du bunker, la Clown à côté d'elle, et Jelena Drogan de trois quarts au bout du rang. Tout s'éclaire. Elle tient les trois femmes dans le creux de sa main, tandis que l'ancienne prof d'histoire lui explique combien cette sortie avait été joyeuse et passionnante en partie grâce aux connaissances étonnamment étendues de cette petite femme qui porte le nez rouge à gauche de Livia (une amie à elle, très versée dans l'histoire de l'art du paléolithique à nos jours et pour laquelle, peut-être, elle portait cette nuance de blond vénitien par plus de 35 degrés à l'ombre, allez savoir).

Et Jackie Thran n'a pas le temps de reprendre sa respiration, Michaela enchaîne sur celle qu'elle a reconnue dans la presse, et pour cette raison pris la décision de se manifester, Jelena Drogan, plus intéressée par l'expérience physique de l'exploration des cavités que par la structure géologique de la roche, discrète, taciturne, qui s'était pourtant tellement bien intégrée au groupe après qu'ils étaient remontés, rayonnants de fatigue, distribuant à tous et sans compter le contenu de deux bouteilles d'alcool de prune distillé dans son village. Elle en avait d'ailleurs une troisième, ou peut-être son sac en était-il rempli, qu'elle avait débouchée devant le feu sur la plage alors que ne restait plus de la fête que Livia et son amie et qu'elle-même, Michaela, avait décidé de jeter l'éponge et de rentrer se coucher tant qu'elle en était encore capable.

– Je ne sais pas pour vous dans la police, mais dans l'enseignement quand on n'est plus de service, vive la vie, n'est-ce pas !

Et le rire de l'Italienne, extrêmement communicatif, ramène Jackie Thran sur une vague déferlante dans le minuscule local face à la porte alpha, presque interdite de se trouver là.

– Et la Clown ?

– Un sacré numéro. Je ne me souviens plus de son nom. Je vous envoie la page du registre.

Coetzer est comme deux ronds de flan.

Il a pris la troisième bouteille dans la rangée la plus haute de l'armoire des petrus, il l'a passée à la Clown derrière lui, il a enfilé sa main dans l'emplacement vide, en s'efforçant d'agir calmement et de maîtriser sa tension artérielle, il a composé la combinaison, ouvert la double-paroi ignifugée, et plongé le bras dans le coffre blindé d'une capacité de trente litres certifié troisième niveau de sécurité. Et il n'a rien trouvé.

– C'est ça que vous cherchez ? demande la Brune en laissant se balancer comme un pendule un petit sac de velours noir accroché à son index.

– Ou plutôt ça ? dit la Bombe qui fait un pas en avant et colle au-dessus de la bouche maquillée de Coetzer, entre sa lèvre supérieure déjà transie et son nez si sensible, le canon froid du CZ 75 chromé qu'il reconnaît immédiatement. C'est le sien.

– Ou les deux, mon Cutzi ? Quoi qu'il en soit, tu viens de les retrouver ! Bois un coup, je t'ai gardé une poire pour le choc, épargne-nous les quoi et les comment, réponse discrète, connaissance en toutes choses, charme, fluidité. Avale doucement, on va causer.

Jelena Drogan réduit la pression de l'arme contre la gencive de Coetzer, éloigne le canon de son visage et empoche le pistolet d'un geste fulgurant. Comme si la ficelle qui le maintenait debout par le sommet du crâne venait de lâcher, Coetzer s'effondre sous son poids. Au bout de quelques instants, il prend la bouteille que lui tend la Clown et s'en envoie une bonne rasade.

– Que voulez-vous ?

Sa voix s'étouffe contre les parois tapissées de verre, il a l'impression d'être dans un bocal dont il ne sortira pas, pas vivant, seul face à lui-même, un empereur révélé, foncièrement déchu.

– Il va se pisser dessus.

– Certainement pas.

La Bombe le gifle et regarde ses pupilles.

– Tout va bien. Doucement sur le jaja.

La Brune déplace quelques caisses.

– On va s'asseoir, Coetzer, et on va parler.

– Ici ?

– J'aime bien le bunker oméga, pas vous ?

– Si, si.

– Et ne vous tourmentez pas inutilement, je connais bien le rouge Chanel, j'ai tout de suite senti que le tube était trop lourd.

– Ah. O.K.

– Contrairement à ce que vous pouvez penser en ce moment, vous n'avez pas encore perdu.

Coetzer grimace, il a repris des couleurs.

– Dans ce cas, je vous le redemande. Que voulez-vous ?

La Clown se lève.

– La vraie question, Cutzi, c'est plutôt qu'est-ce que tu veux, toi ?

– Calamity Ginevra Pane, licence fédérale 56749900, délivrée en ligne la veille de la descente au gouffre. L'email vient de tomber.

– C'est bien elle sur la photo, sans son nez rouge ni sa crête. Elle est d'une désarmante jeunesse.

– C'était il y a dix ans, Marwan.

– Si elles préparent leur coup depuis dix ans, on peut supposer qu'elles savent ce qu'elles font.

– Bonne idée, Marwan. En attendant, comme le nom et la date de naissance sont complètement bidon, vous pourriez peut-être lancer une reconnaissance faciale dans les fichiers des universités spécialisées en histoire de l'art.

– On pourrait vivre en communauté.

– C'est gentil de penser à ça, Cutzi ! Ce serait sympa, dis donc !

– Et dans trois jours, on te fiche une balle dans le crâne parce que ta coupe de cheveux, un mot de travers, un verre dans le nez.

– Je ne veux pas ressortir. Pour faire quoi ? Affronter les journalistes, mes clients mécontents, mes banquiers ? Grâce à vous, tout est foutu. Tout ce que j'avais mis en place depuis des années au prix de nombreux efforts, ma vie de famille, mes derniers placements…

– Sauf les diamants !

– Tu vas nous faire pleurer.

– Si vous m'éliminez, de quelque façon que ce soit, vous vous privez d'un allié précieux et d'une monnaie d'échange.

– Ah, ah ! Un allié. On avance.

– C'est beau la diplomatie.

– Écoutez, mesdames, que vous le croyiez ou non, je suis prêt à vous aider.

– Il me gonfle.

– N'énerve pas la Bombe, Cutzi, s'il te plaît.

– Je vous indique une sortie discrète.

– On la connaît. Épargnez votre salive, Coetzer. Bizzie est très calée en esthétique, architecture militaire comprise.

– Et vous êtes très calée en pierres précieuses ?

– Exact. Formation, structure, datation, filons naturels et filières humaines, je sais tout.

Coetzer hoche la tête et se tourne vers Jelena Drogan assise sur sa caisse les bras croisés, plus immobile qu'un parpaing.

– Et vous en explosifs.

– On ne peut rien vous cacher.

Au QG, on apprend qu'aucun département d'histoire de l'art en Europe n'a jamais eu d'étudiante ressemblant à la Clown. À Anafi, la maison de Jelena Drogan a été vidée de tout son contenu le mois dernier.

– Que des bonnes nouvelles, Marwan ! Essayez les USA. Il nous reste quatre heures avant le typhon et trois avant l'assaut, ça vous occupera.

Les talons de la Brune sonnent tout à coup sur le béton du bunker de réception. Jackie Thran et Marwan Cherry l'entendent arpenter la pièce, vraisemblablement saisir des verres et repartir dans les profondeurs de la cave.

Elle entre dans le bunker oméga avec une pile de sandwichs, une carafe pleine et quatre verres à pied qui murmurent entre eux sur le plateau d'argent.

– Il décante depuis six heures, je pense qu'il est suffisamment ventilé.

Coetzer regarde la bulle rouge du vin sur la toile blanche que la Clown a jetée sur une caisse au centre de leur petite assemblée. Il attend que la Brune les ait servis, puis il incline son verre rempli au tiers, le fait tourner et observe la robe rouge aux reflets orangés, presque tuilée, la brillance, discrètement scintillante, le velouté.

– Qu'est-ce que c'est ?

– Quelle importance, monsieur Coetzer, n'êtes-vous pas fatigué de toutes ces appellations, ces cépages, ces millésimes, de tous ces chiffres ? C'est notre proposition.

– Ce vin ?

– Cette carafe et les suivantes, si vous en êtes capable. Si vous reconnaissez votre désir, s'il vous appartient.

– Je vous demande pardon ?

– Vous allez devoir choisir entre un rêve et un cauchemar, vous avez la durée d'une dégustation pour faire basculer votre vie et elle commence maintenant.

La Brune lève son verre, imitée par les deux autres, Coetzer en fait autant.

– Je ne supporterai aucun commentaire, ajoute-t-elle avant de respirer le ballon de cristal, de prendre entre ses lèvres la tendre paroi du matériau amorphe et, dans sa bouche, le temps dans sa phase liquide.

À partir de ce moment et jusqu'à la fin de la carafe, Coetzer se suspend. Il se contente de goûter le vin. À l'aveugle, mais plongé dans ses sensations, sans essayer d'en appeler à ses connaissances, ses souvenirs, ses réflexes, uniquement mais absolument attentif à ce qui s'annonce, passe, et prend corps dans son corps. Il part. Il descend sur des terres humides et fraîches, sur l'épiderme d'un monde organique travaillé par les météores et les vents, arrosé de soleil, givré, bourgeonnant, craqué, il glisse parmi les feuilles, se coule dans les rus, tombe comme une pluie, monte dans la sève, gonfle de concert avec les milliers de fruits ronds, pleins, pruinés, les grappes entières accrochées sans effort au bois plongeant au travers des herbes entre les vies d'insectes innombrables. Branché sur toutes les variations, il sent la forme des nuages, le cri des bêtes et les plumes, le départ d'un lièvre, la nuit comme une vasque, sans dessus ni dessous, aussi vaste en lui qu'un état de l'âme et du cœur. Il plane. Il absorbe autant qu'il est absorbé.

– Il plane.

– Il a encore cinq minutes, Bizzie.

– Impeccable. J'ai un boulot à terminer, vous me raconterez.

Coetzer suit le parcours de la dernière gorgée le long de son œsophage, il la regarde tapisser son estomac, une doublure de soie, sans s'apercevoir que la Brune est en train de lui parler. Sa voix a réchauffé l'espace autour d'eux, elle enveloppe le bunker, circule dans les pipes d'aération, entre les parois creuses du béton, contre les fils, à l'intérieur des casiers dans les armoires, aussi intime que l'alcool dans ses veines. Elle lui dévoile le lieu qu'il s'est trouvé, qu'il a construit, sa caverne archaïque, son nid de bulles dans lequel il veut secrètement s'installer, les millions de drupes dures et veloutées qui l'enceignent et dont il cherche la chaleur. Elle lui décrit une semaine, peut-être un mois de retraite, de liberté inconditionnelle arrachée à toutes les contingences, au cœur de son phantasme baigné par le typhon. Elle lui expose le plan. L'intervention de la Bombe pour l'isoler physiquement, leur départ en deux temps, les véhicules dont elles ont besoin et le butin qu'elles emporteront, tout lui semble bien. Aussi réglé, aussi élégant que le mécanisme d'une montre de luxe, une Longines par exemple, une Longines et sa trotteuse effilée comme une aiguille à coudre.

La Brune lui présente les quinze flacons qu'elle a choisis pour son séjour en apesanteur, numérotés de 1 à 15, débarrassés de leur étiquette. Et tout à coup, Coetzer est impatient qu'elles s'en aillent, quoi qu'il en coûte, qu'elles vident les lieux, impatient de se retrouver seul dans la présence massive de ses cent mille bouteilles avec la perspective, la promesse, des quinze flacons alignés devant lui comme autant de jalons sur un chemin mystique.

Ils règlent les derniers détails en moins de trois minutes.

Dans le bunker de réception, la pince de Bizzie a produit une centaine de cliquetis sur un tempo *vivace* soutenu, avant de tomber par terre avec fracas. La Clown sourit en faisant le tour de l'égouttoir à bouteilles remanié quand Jelena Drogan la rejoint et lui annonce :

– On va bouger.

– Regarde ça, la Bombe, elle n'est pas magnifique ?

– Quoi ?

– Comment ça, quoi ? Mais ma robe, bon sang !

– Ah oui. Très bien. On va bouger.

– Minute, il faut que je l'équipe. Passe-moi les caisses, là.

La Bombe s'exécute, fait sauter les six couvercles et passe une à une les bouteilles à la Clown qui les place et les noue à toute vitesse à la structure métallique.

– Magnifique, magnifique ! Quelle sortie je vais faire, quelle sortie !

Au QG, Jackie Thran est tendue comme une corde. Les cliquetis lui ont tapé sur les nerfs, ses hommes sont en place et opérationnels depuis l'annonce de la Bombe, ils n'attendent qu'un ordre pour l'assaut.

– Elles vont sortir.
– La Clown seulement, si je comprends bien.
– Mauvais signe pour Coetzer.
– Peut-être.

Marwan Cherry commence à douter, une ride verticale lui barre le front. Aucune de ses recherches Internet n'a abouti. Les chaînes publiques diffusent en boucle les consignes de sécurité, les antennes météo ne cessent d'annoncer l'imminence du typhon et il sait que Jackie Thran ne négociera plus rien dès la première rafale de vent. Il respire un bon coup pour prendre la parole quand on entend la voix de Coetzer au fond du bunker.

– Alors nous sommes d'accord.

Marwan sent son plexus se relâcher dans sa poitrine. Quelqu'un s'est saisi du tube de rouge à lèvres et le fait rouler d'avant en arrière sur la table. Ils entendent quand même.

– C'est bon, Bizzie, arrête avec ce truc.

– Je fais ce que je veux ! Tu vois ma robe, grand art ! Je fais ce que je veux avec tout, tout le temps, tout, tout, tout.

La Clown cogne le fond du tube de rouge sur le bois au dernier « tout » et n'y touche plus.

– Alors, on bouge ?

La Brune se tourne vers Coetzer.

– Exposez les termes de notre engagement, monsieur Coetzer. Je veux être sûre que nous nous sommes bien compris.

– Parfaitement. Mon pick-up, une invitation au Staatsoper, les trente-sept bouteilles sur lesquelles nous sommes tombés d'accord, un GAZ-66 et nous sommes quittes.

– On ne t'exécute pas.

– On n'exécute pas les cent mille bouteilles.

– Et la police reste en dehors de tout ça. Vingt-quatre heures. Aurais-je oublié de mentionner quelque chose ?

– Pas le moins du monde. Bravo pour votre esprit de synthèse. Allons-y.

La porte du corridor s'ouvre en grinçant. L'image apparaît immédiatement sur l'écran de l'ordinateur du poste de commandement. La Brune s'est recoiffée, son chignon est plus serré. Elle accuse une certaine fatigue mais rien dans son maintien ne s'est relâché.

– Bunker alpha, vous m'entendez ?
– On vous entend, parlez.

Elle pousse Coetzer devant elle. Il observe au sol les débris du jeu de quilles qui lui semblent venir d'une vie antérieure, définitivement révolue. Le vin qu'il a bu a en partie effacé son rouge à lèvres. Entortillé dans son rideau, pâle, légèrement voûté, il a quelque chose d'un consul romain. Sa voix est ferme quand il dit :

– Nous sommes en mesure de résoudre la situation. Je vous demande personnellement de coopérer.

Jackie Thran ne lui laisse pas le temps de poursuivre.

– Qu'elles vous laissent sortir et nous engagerons les négociations.

– Elles ont abouti. Je vous suggère de…

La Clown surgit derrière lui, Coetzer ne finit pas sa phrase, CZ 75 en main, elle lui colle le canon sur la nuque en fixant la caméra.

– Je tire ?

– Qu'est-ce qui vous prend ? dit Coetzer.

– Vous tirez, vous mourrez dans la minute, réplique Jackie Thran.

– Dans la seconde, cheffe ! Explosée de plaisir dans la plus belle cave du monde. Je déteste les sorties sans panache. Vous voulez le dénouement, je vous l'offre, prenez-le c'est le mien, l'éclate totale, le grand cirque dans la baie de Hong Kong, le feu d'artifice, la pluie de pinard, la gloire ! N'hésitez pas, capitaine, vous en mourez d'envie, donnez l'ordre, déployez vos hommes, balancez les roquettes, faites-nous sauter la pelouse qu'on en finisse, que ça pète, craque, pisse, baigne, que ça déchire, que la beauté nous accompagne !

Marwan Cherry ne laisse pas un blanc s'installer :

– Calmez-vous, Bizzie. Vous ne voulez pas agir contre l'avis de vos collègues, nous comprenons parfaitement. Baissez votre arme, tout va bien se passer. Écoutons M. Coetzer. Baissez votre arme, Bizzie.

La Clown lève son arme au-dessus de la tête de Coetzer. La Bombe derrière elle tend le bras pour saisir le pistolet quand la balle part avec un claquement assourdissant, ricoche sur les parois, contre le plafond d'acier et se fiche dans le béton, dix centimètres à gauche de la porte du bunker de réception. Une odeur de poudre envahit le corridor. Coetzer constate le trou dans le bout de rideau qui pend à son bras. La Bombe prend l'arme, et la place dans sa ceinture contre son ventre.

– RAS. Poursuivons.

– Nous voulons un visuel. Monsieur Coetzer ? Répondez, monsieur Coetzer ? Êtes-vous touché ? demande Marwan.

La Bombe recadre l'image, le corridor apparaît de nouveau sur l'écran de l'ordinateur dans le poste de commandement. Coetzer est en train de passer un doigt dans l'accroc de sa toge. Il regarde le mur derrière lui, relève la tête et fixe l'objectif.

– Je vais bien. Le temps presse.

Ils entendent son souffle court rebondir comme la balle contre le béton sonore.

– Nous vous écoutons, monsieur Coetzer.

– Je veux mon pick-up devant la porte alpha. Un GAZ-66 au 18 Deep Water Bay Drive. Appelez M. Wang de ma part, c'est un collectionneur, il fournira.

– C'est ce que vous voulez, *vous*, monsieur Coetzer ?

– Putain, c'est ce que je veux, oui ! Je veux sauver ma peau, quelque chose vous échappe là-dedans ? C'est vous qui m'agressez ou c'est elles ?

– Calmez-vous, monsieur Coetzer. Nous allons prendre les dispositions nécessaires.

– Joignez M. Wang au 3753 2890. Mon pick-up est sur le parking du Hong Kong Golf Club. Les clefs sont dans la poche de mon pantalon, vous savez où est mon pantalon. Faites vite.

Marwan compose le numéro de Wang. La Brune écarte Coetzer, la Bombe le ceinture et le pousse vers le bunker de réception, ferme la porte derrière eux. La Clown applaudit : Voilà une vraie sortie ! Jackie Thran envoie son lieutenant récupérer les vêtements de Coetzer. La Brune resserre un plan sur son visage, c'est le rouge sur ses lèvres qui semble parler.

– Nous allons sortir. La Clown d'abord, moi ensuite. La Bombe reste avec Coetzer. Le pick-up sur la route devant la porte, les clefs sur le contact, le moteur en marche. Vous avez dix minutes. Vous me recevez ?

– Nous vous entendons.

– Le GAZ-66 au 18 Deep Water Bay Drive dans vingt.

– Nous allons faire en sorte d'obtenir ce que vous demandez le plus vite possible. Quelles garanties nous offrez-vous en contrepartie ?

– Il vous l'a dit. Sa vie et sa cave. Intactes.

– Et ensuite ? Nous vous laissons sortir, mais la Bombe ?

– Elle protège notre départ.

– Jusqu'à quand ? La fin des temps ?

– Ne raisonnez pas. Ne postez pas de tireur. Ne nous poursuivez pas. Fin de communication.

Dans le bunker de réception, Coetzer est assis dans un de ses fauteuils grand confort. Il a les yeux bandés. Il sait ce qu'il doit faire. M. Wang a fourni le GAZ-66. Il sera bientôt en place au 18 Deep Water Bay Drive où dix hommes camouflés sont postés. Les nuages se sont rassemblés en une légion compacte. Le moteur du pick-up bourdonne devant la porte alpha.

La porte s'ouvre. La Clown sort. La crête roide, enfoncée jusqu'au cou dans sa robe de fer hérissée de bouteilles, entravée par la circonférence réduite de sa base, elle avance à pas précautionneux en saluant de la main droite. La lumière touche et traverse les différentes nuances de jaune et d'or pâles de son vêtement translucide, illumine les vingt mètres d'asphalte qui la séparent du véhicule, l'air qui l'épouse et semble lui ouvrir la voie. Comme une reine consciente de sa puissance, une star sur un tapis de velours, elle déroule en souplesse sa foulée retenue. Dans sa gangue de métal et de verre clair, elle offre à l'image et à l'événement son visage nu, sa crête vert de vessie, et ses deux profils.

La Bombe a dégagé le sas d'évacuation d'urgence au fond du bunker lambda. Le rat la précède dans le tuyau étroit. Elle transpire depuis qu'elle a laissé retomber derrière eux le couvercle de fonte rouillée qui bloquait l'accès à la sortie camouflée en 1941. Elle sait que le tunnel bifurque vers la surface cinq ou six mètres plus loin, qu'il ne faudra pas monter, pas saisir cette occasion de respirer, mais poursuivre sa reptation dans le maigre halo de la torche qu'elle tient dans sa bouche, en espérant que le béton coulé par les Anglais en 1937 en prévision d'une bataille perdue ne s'est pas corrompu, ni effondré sous le poids du temps.

La Clown atteint l'arrière du pick-up, déverrouille et abaisse la ridelle, s'accroupit lentement dans sa robe et saute à pieds joints d'un seul élan sur le plateau. Les bouteilles chantent sur sa robe quand elle ressort la tête et s'incline autant que possible avant de pivoter et de tendre le bras vers la porte du bunker alpha toujours ouverte.

La Brune apparaît dans l'encadrement, cligne des yeux, franchit le seuil, avance. Elle est complètement nue. Nue en chaussures, nue sous son string noir, du même jais que ses cheveux défaits, nue dans sa taille haute, ses stilettos perforants, dans sa démarche manifeste, nue et parée d'une unique bouteille posée en équilibre sur sa tête. La dernière château-lafite 1869.

Sous terre, la Bombe enfouit un bâton d'explosif dans les gravats qui lui bloquent le passage, fixe le fil, recule dans le tuyau jusqu'à la bouche verticale et appelle son rat. Il se cale contre son épaule, elle l'avertit et presse le détonateur. Une poussière visqueuse les recouvre en quelques secondes. Le tunnel tremble et roule des paquets de matière soufflée et de pierres coupantes. Elle grimpe en opposition dans le goulet d'évacuation, sa main se pose au-dessus de sa tête sur la plaque froide. Elle commence à compter les vingt secondes après lesquelles elle sera dans l'obligation de pousser le métal, d'émerger au mauvais endroit et d'entamer là une cavale sans espoir.

La Brune est à la moitié du chemin. Elle entend distinctement le bruit régulier du moteur. Son regard est fixe, global, arrimé au mécanisme chromé de la portière côté conducteur. Son centre de gravité trace d'irréprochables ellipses dans le bloc d'air lourd qui la sépare encore de sa fuite. Les nuages compriment le paysage. La Brune glisse dans l'espace coagulé avec les mouvements coulants d'un python dans une jungle épaisse, impitoyable. Son corps est une liane qui s'enroule autour de ses propres pas.

La Clown la regarde, immobile, un mètre au-dessus du sol, en lévitation sur le plateau du pick-up. La Brune touche la portière. Et tout à coup, le vent s'engouffre sous la robe de la Clown, les bouteilles cognent, un appel d'air enfonce le tunnel sous les pieds de la Bombe qui s'arrête de décompter, tombe. Le château-lafite dégringole de la tête dans la main gauche de la Brune au volant, qui démarre. La Clown s'agrippe au hayon. La Bombe rampe devant elle plus vite qu'à l'entraînement. Les pneus hurlent à l'arrêt, la gomme arrache l'asphalte, la masse nuageuse se précipite et s'engage dans le tourbillon à leur suite. L'eau s'écrase. La Bombe roule dans la pente à l'air libre, la boue l'emporte. Le pick-up braque et se jette dans la Deep Water Bay Drive. Coetzer ôte son bandeau. Jackie Thran lève la main. Coetzer actionne le bouton du joystick. La charge saute dans le corridor. Le typhon aspire le souffle de l'explosion, efface la déflagration et soulève le glissement de terrain qui engloutit la porte alpha.

La pluie prend sa revanche, tire partout son rideau sur la terre émergée.

Plus personne ne bouge dans la baie de Hong Kong.

Mise en pages PCA
44400 Rezé

IMPRIM'VERT®

Achevé d'imprimer
en janvier 2019
par Corlet Imprimeur
14110 Condé-en-Normandie

Dépôt légal : décembre 2018
N° d'imprimeur : 202329
Imprimé en France